C Sp Garcia
cia Besne, Mercedes,
/
,99

WITHDRAWN

Hic

© 2013 Mercedes García Besné, por el texto
© 2013 Alejandra Estrada, por las ilustraciones

Edición: Daniel Goldin
Diseño: Francisco Ibarra π

D.R. © Editorial Océano, S.L.
Milanesat 21-23, Edificio Océano, 08017 Barcelona, España
www.oceano.com

D.R. © Editorial Océano de México, S.A. de C.V.
Blvd. Manuel Ávila Camacho 76, piso 10, 11000 México, D.F., México
www.oceano.mx
www.oceanotravesia.mx

Primera edición: 2014

ISBN: 978-607-400-954-5
Depósito legal: B-15297-2014

Reservados todos los derechos. Ninguna parte de esta publicación puede ser reproducida,
almacenada o transmitida por ningún medio sin permiso del editor. Cualquier forma
de reproducción, distribución, comunicación pública o transformación de esta obra sólo
puede ser realizada con la autorización de sus titulares, salvo excepción prevista por
la ley. Diríjase a CEDRO (Centro Español de Derechos Reprográficos, www.cedro.org)
si necesita fotocopiar o escanear algún fragmento de esta obra.

HECHO EN MÉXICO / *MADE IN MEXICO*
IMPRESO EN ESPAÑA / *PRINTED IN SPAIN*

9003886010714

# Hic

Mercedes García Besné

Ilustraciones de
Alejandra Estrada

OCEANO travesía

Hic…

hic…

hic…

–¡Ay, no!
¡Otra vez no!

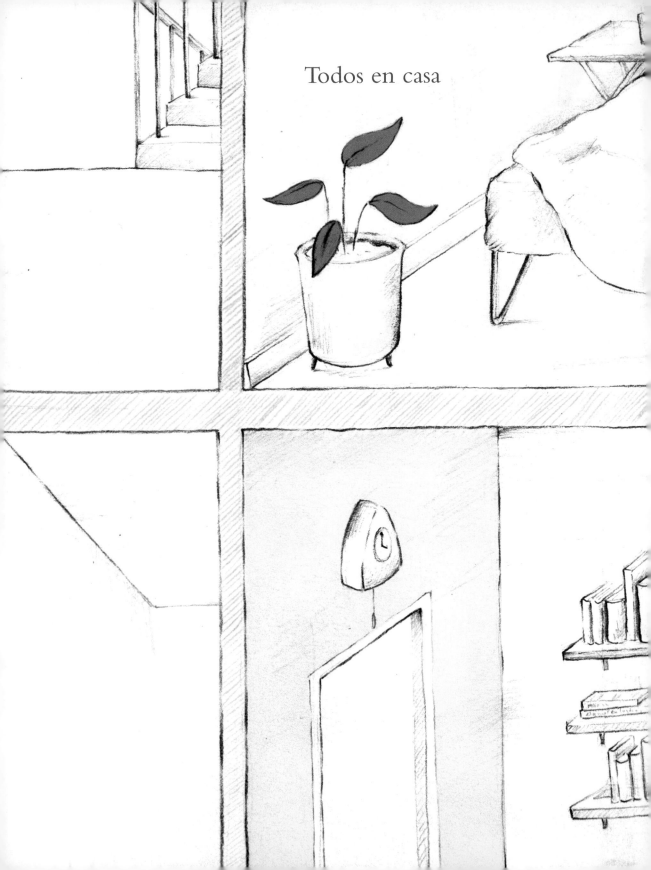

Todos en casa

la quieren atender.

—¿La arropamos?

—¡Ya está
calientita!

–¿La asustamos?

–¡No!
Es muy pequeñita.

–¡No, María!
¡Noooo…!

–¿Le pellizco
el dedo gordito
del pie?

—Vamos a espantar al hic, hic, hic…

—Con hojas
de lechuga…

—Con flores
de azahar…

–Con palo
de escoba…

–¡Qué gran
malestar!

—Vamos a calentar
al hic, hic, hic…

–Con trapitos
planchados…

–Con abrazos
de sol…

—Con susurros
amorosos…

—¡Qué gran
desazón!

—Vamos a apapachar
al hic, hic, hic…

–Con traguitos
de leche…

–Con pulsera
de coral…

–Con hilos
de seda…

—¡Qué más da!

—¿Cómo fue?
¡No lo sé!

Solito, solito,
¡solito se fue!

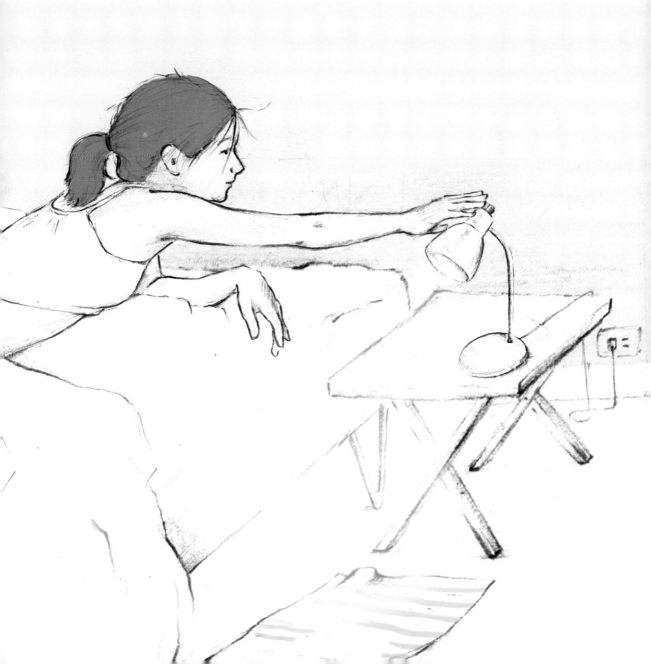

Harris County Public Library, Houston, TX